세 살배기의 말 몸살

- 세 살에게 배우다

짜장면을 “까만 국수”

눈 흘김을 “눈으로 때렸어”

눈부심을 “햇살이 너무 많아요”

땀이 나요는 “물이 나요”

– 말 몸살 앓는 아이가

정현경 동시집

세 살배기의 말 몸살

세 살에게 배우다

말 몸살을 앓는 손녀와

글 몸살을 앓는 할머니 이야기

좋은땅

차 례

제2부 서현이의 한 살 이야기

제3부 서현이의 두 살 이야기

정현경의 글 몸살
- 외할머니

제1부 놀이터

제3부 달님은 재주꾼

제4부 친절한 한마디

책을 펴내며

우리나라 속담에 '세 살 버릇 여든까지 간다.'는 말이 있습니다. 영아기 때의 경험이 평생을 함께 할 수 있다는 이야기입니다. 속담은 삶의 지혜가 흐르는 강입니다. 조상이 물려주신 유산입니다. 그 옛날의 이야기가 오늘날에도 과학적으로 맞다 하니 조상들의 지혜와 슬기에 감탄할 따름입니다.

사람은 태교부터 세 살까지의 양육이 평생 인격 형성을 좌우한다 하니, 영아기에 최선을 다하여 잘 보살펴야 합니다. 좋은 인성을 길러 주어야 할 중요한 시기이기 때문입니다. 나는 세 살까지는 무조건 사랑으로 보살펴야 한다고 생각합니다. 말 못하는 아이는 오직 감정으로 표현을 하기 때문입니다. 아이의 예민한 신경을 건드리지 말고 그때그때 아이의 입장에서 불편한 요소를 제거해 주어야 합니다. 세 살까지의 삶이 천성을 형성하는 시기라고 나는 생각하고 말하고 주장합니다. 무엇을 보여 주고 어떻게 돌봐 주느냐에 따라 아이도 꿈꾸는 대로 무엇이든 될 수 있습니다, 하얀 백지 위에 그려지는 그림, 스펀지처럼 스며드는 생각 그림. 그 그림이 맑고 밝고 화사하게 활력 넘치는 삶의 이정표가 되길 염원합니다.

서현이가 태어나던 2020년 2월27일, 당시는 코로나19가 지구촌을 휩쓸고 있어 우리의 첫 만남은 동영상 상봉이었습니다. 서현이의 엄마 아빠도 코로나에 걸렸고 감기로 외갓집으로 피접을 온 서현이가 처음으로 부모와 2주간 격리된 생활을 했습니다. 돌 지나 어린이집에 입소한 서현이는 세 살이 될 때까지 코로나로 인하여 어린이집에서도 마스크를 써야 했습니다. 코로나로 인하여 언어발달에 좋지 않은 영향을 주지 않을까 걱정이 되었지만, 나의 걱정과는 달리 서현이의 언어능력은 정상이었습니다.

옹알이를 하고 엄마 아빠를 했습니다. 두 살이 되자 뜬금없이 불쑥불쑥 나오는 서현이의 새로운 말 창조에 웃음이 터졌습니다. 단어를 모르니 그것을 표현하느라 쏟아져 나오는 방언 같은 이야기를 듣다가 이게 바로 말 몸살이구나. 단어가 무엇인지는 모르지만 의미는 부여해야겠고, 내면에서 쏟아져 나오는 의미 있는 말들이 우리 어른들을 놀라게 했습니다. 엄마가 젖떼기 과정에서 젖몸살을 앓는다면 아이는 말 몸살을 앓고 할머니는 감기 몸살을 앓듯 글 몸살을 앓고 있었습니다. 까만 국수, 눈으로 때렸어, 햇살이 너무 많아요, 머리에 물이 나요. 등등 그냥 흘러 보내기에 아까운 말들을 차곡차곡 나의 글 창고에 모아 두었습니다.

손주를 돌보는 할머니의 사랑이 때로는 섭섭함으로 다가올 때도 있습니다. 온갖 정성을 다하여 키웠는데, 네 살이 되면 자기주장이 생기고 안 들었으면 좋았을 말을 들을 때도 있습니다. 하지만 어쩌겠는가. 인류 진화의 공은 할머니 덕택이라 하니 마음이 아파도 이럴 때는

훈육을 함께해야 합니다. 세 살을 넘겼기 때문입니다.

서현이와 내가 만든 이 작은 동시집을 통해 나와 같은 손주 돌봄을 하는 할머니와 아이 키우느라 애쓰는 엄마들에게 조금이나 위안이 되었음 합니다. 또 격려가 되고 응원 받기를 바랍니다. 대한민국 꿈동이들의 힘찬 함성이 하늘을 가득 메우는 날까지, 푸른 꿈나무들이 잘 자랄 수 있도록 힘껏 응원합니다.

더불어 서현이의 다섯 번째 생일을 맞아 외할머니의 글 창고를 열어 작은 꽃병에 꽃꽂이를 해 봅니다. 어설플 수도 있고 유치할 수도 있으나 말 몸살을 앓으며 터득한 의사소통의 언어. 앞으로 언어디자이너가 되어 외할머니와 열심히 밀당 하며 놀아주길 바라면서 "오늘도 내일도 사랑해요. 박서현, 다섯 번째 생일을 축하합니다."

2025년 2월 27일.

외할머니 정현경

축하의 글①

박상준(서현 아빠)

엄마 아빠가 빨리 보고 싶어 41주 만에 태어난 우리 큰딸 서현아.

엄지공주 같았던 우리 서현이가 어느새 만 5세의 생일을 맞이했구나.

항상 엄마 아빠에게 기쁨과 웃음을 주고

동생 서진이를 잘 보살펴 줘서 고맙다.

이런 서현이가 엄마 아빠의 딸로 우리 곁에 와 줘서 얼마나 행복한지 몰라.

지금처럼 건강하고 즐겁게 앞으로도 잘 커 주길 바래.

2025년 2월 27일 다섯 번째 생일에

축하의 글②

임소정(서현 엄마)

서현아 안녕!

문학인 외할머니 덕분에 서현이 어록모음집이 생겼네.

이렇게 너를 소중하게 생각하는 사람들이 많다는 걸 잊지 말고

앞으로 세상을 살아갈 때 든든한 마음을 갖고 단단하게 나아가렴.

무엇을 하든 다 괜찮아.

온 가족이 너를 응원해.

아빠 엄마의 첫째 딸 서현아.

다섯 번째 생일을 축하해.

2025년 2월 27일 다섯 번째 생일에

축하의 글③

아이의 성장은 어른을 일깨운다

이운순(동화 작가, 수필가)

가슴 따뜻해지는 감동으로 원고를 덮었을 때, 샘물처럼 솟아나는 서현이의 글 주머니를 열어 본 느낌입니다.

다섯 살 박서현과 이순을 넘긴 정현경 외할머니의 좌충우돌 무지개빛깔 일상이 조약돌을 굴리며 흘러가는 시냇물을 떠올리게 합니다. 조용히 귀 기울이면 졸졸졸, 개글개글 맑은 시냇물이 흘러가며 이야기를 합니다. 너무나 야무지고 천진한 서현이와 함박웃음을 띤 정현경 작가의 끊이지 않는 이야기도 파란 하늘 도화지 위에 그려집니다.

서현이는 항상 물음표를 장착한 개구쟁이입니다. 눈앞에서 펼쳐지고 또 보이는 현상들을 자신의 가장 최대

치 텐션을 끌어올려 표현하고 싶어 전전긍긍하는 아이가 서현이입니다. 온통 저에게 맞춰졌던 가족들의 관심과 사랑을 동생에게 일부 빼앗겨서 잠시 심통을 부리기도 하지만, 서현이에게 이 세상은 너무나 궁금한 것이 많은 미지의 세계입니다. 새로운 앎의 세계를 향해 나아가는 아이가 매일 만나는 이 세상은 무한한 우주인가 봅니다.

따뜻한 사랑으로 지켜보는 눈길이 있습니다. 손녀의 넘쳐나는 끼를 맘껏 발산하라고 응원을 보내는 한 사람, 서현이의 곁에는 유아교육계에서 20여 년 봉직해 온 외할머니가 있습니다. 항상 밝은 웃음과 따뜻한 목소리로 주위를 밝히는 정현경 저자는 시조시인이며 수필작가입니다. 번득이는 아이디어가 샘솟고 따뜻한 심성을 지닌 저자를 외할머니라 부르는 서현이는 행복한 아이가 분명합니다. 외할머니는 분명, 더 넓은 세상을 향해 앞으로 나아갈 서현이의 이 순간을 앵글에 담듯 활자화해 두고픈 마음일 것입니다.

서현이와 외할머니가 바라보는 오늘의 하늘은 어제의 하늘이 아니요, 색색의 꽃을 바라보아도 어제 보았던 꽃이 아닙니다. 매일 매일을 새롭게 오늘도 내일도 서현이와 외할머니는 말동무 글동무를 하며, 두 사람의 동행은 앞으로도 계속될 것입니다. 손녀 돌봄의 시간을 보내며 맑고 깨끗한 동심을 바라보며 자신에게도 발전하는 시간이 되리라 여기는 외할머니처럼, 훗날 서현이의 추억 속에도 밝은 미소와 환한 정 작가의 얼굴이 각인되리라 확신합니다.

웃음 속에서 흘러갈 또 하루가 아름다운 풍경이 되어 눈앞에 그려집니다. 그 어느 꽃보다 아름답고 어여쁜 조손(祖孫) 두 사람에게 건강과 행복이 늘 함께 하기를 기도합니다.

1장

박서현의 말 몸살

외손녀

제1부 서현이의 0살 이야기

출생

-2020년 2월 27일

코로나에 갇혀서 가족 상봉 못하고

영상으로 주고받는 아기의 첫 모습

선명한 이목구비는

해님 같은 붉은 색

새똥머리

앞 정수리 길쭉하게 튀어나온 머리카락
도깨비 뿔 같은 배냇머리 두피에
어쩌다 생겨났을까
지루성 피부염

대천문 소천문 다치지 않으려고
부드럽게 솔솔솔 매일매일 감아도
기름샘 땀에 뒤섞여
노란갈색 딱지가

백일

제 어미 백일에 뒤집기 성공하여
서현이 가능할까 희망 문 열어 놓고
백일상 백설기 쌓아
염원을 하였더니

뒤집을 듯 뒤집을 듯 옆으로 누웠는데
몸통을 돌리지 못해 멈춰 선 옆구리
아쉬움 백일상에 남기고
건강해라 서현아

백일 사진

이목구비 뚜렷하고 눈썹 짙은 짱구 이마

불끈 쥔 두 주먹 무엇을 쥐었는지

공주님 치마만 아니면

영락없는 왕자다

잠재우기

뒹굴뒹굴 보채는 서현이의 잠버릇
안아서 토닥이며 자장가를 부른다
스르륵 잠든 모습은
아기천사 따로 없지

노랫소리 낮추고 무릎 꿇고 눕히면
파다닥 몸 흔들며 소리를 내지른다
재우고 또 다시 재우니
숨소리가 고르다

동탄 호수 길

서현 유모차 타고 꽃길 따라 물길 따라
가만가만 가다 보면 바람 소리 새 소리
청각을 간지럽히며
사람 소리 정겹다

꽃향기 맡으며 눈동자가 살랑살랑
폭포수 아래서 양수 속 생각하며
물소리 자장가 삼아
전생을 다녀온 듯

예쁜 천성 기르기

비가 오면 서현이를 포대기로 들쳐 업고

우산 쓰고 빗소리 들으며 호수 길을 걷는다

새하얀 도화지에 그리는

어여쁜 한 살 무늬

아기의 움직임은 신의 손짓인가

배시시 머금은 신비한 저 표정

전생 배웅 받아 오는 신들의 손짓인가

그들의 암호메시지 해독불가 수신호

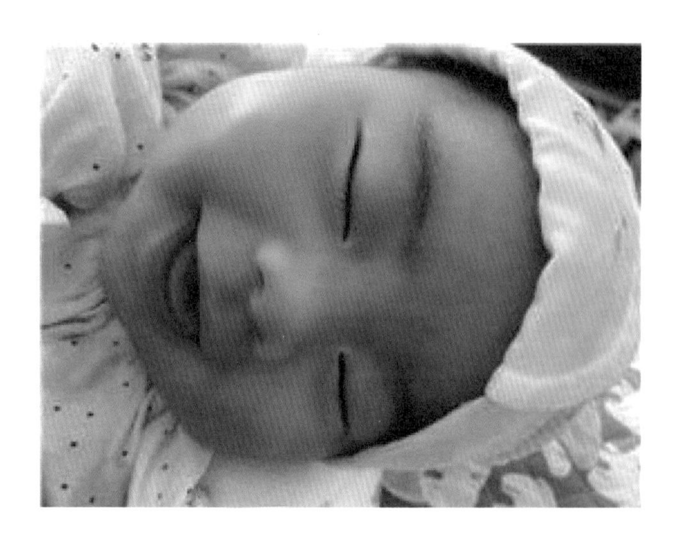

외손녀 돌보는 할머니 마음에

손가락이 꼼지락 내 손 위에 꼼지락
미소 짓는 동글동글 얼굴이 내 눈 안에
지그시 눈 감은 지금
가슴팍에 안겨 있다

발가락이 꼼지락 내 발등에 꼼지락
하품하려 달싹이는 붉은 입술 하나가
할머니 맘에 매달려
눈감아도 다 보여

새싹1

땅 속의 찬 공기를 햇살로 밀어내며
수염뿌리 다독거려 눈망울 망을 보며
뾰로롱 내밀은 입술
날개 달은 푸른 나비

푸른 입술 내밀려고 새싹들이 들썩인다
또각또각 빗방울 대지를 두드리자
후두둑 날개 펼치며
두 눈 크게 뜬 서현

새싹2

언 땅 꿈틀꿈틀
부푸는 아지랑이

봄 바다에 하나 둘
햇살 띄우고
봄 하늘에 여기 저기
구름 피어오른다
발가락이 간지러운
땅속 씨앗 하나
서현이를 깨우고
눈 비비며 기지개를 켠다

이제는 일어날 시간
산책길의 새싹 하나

BOOTH NO.1

제2부 서현이의 한 살 이야기

첫돌

주먹 꼭 쥐고 나온 세상

푸른 별 미션 벅차

밀쳐 낼 수 없는 힘

울음으로 하소연

운명의 장부 펼친 날

우뚝 서서 걷는다

꼴까닥 공놀이

예쁜 몸짓 한 살 서현
기분 좋은 명절날
공에 맞은 할아버지
픽하고 쓰러진 척
서현이 달려가 깨우자
"살았다"
할아버지 일어나자

역할 바꾼 서현이 공에 맞아 꼴까닥
쓰러진 척 엎드려 구원 요청 신호 보내
뾰오옹 손가락 주사
한 대 맞고 "살았다"

꼴까닥 공놀이 너무너무 재밌어
할머니 지칠 때까지 한 번 더 또 한 번 더

손가락 수화 끝없고

웃음소리 퍼진 집안

어린이집 등굣길

가방 메고 아장아장 어린이집 등굣길
눈길 닿는 대로 게처럼 걷는 서현
색깔이 끌어당기는
봄 동산의 꽃 친구

넘어질까 엎어질까 캥거루 어미처럼
뒤꽁무니 따라가다 위험하면 덥석 안아
아파트 단지 어린이집
현관까지 기차 여행

세 살 버릇 여든 간다

큰다고 컸는데 아직도 두 살배기[1]

먹는다고 먹었는데 오늘까지 두 살 서현

버릇은 이미 여든 살

세 살 안에 다 들었네

1 옛 나이로 두 살, 만 한 살임

봄비 1

새싹 위에 또롱또롱
봄비가 찾아왔어요

봄나들이 가자고 또로롱또로롱
봄비가 놀러 왔어요

어서어서 자라라고 쭈욱쭈욱
봄비가 내리고 있어요

서현이 봄비는 조롱조롱
할머니 봄비는 대롱대롱

잎새 위에 송글송글 봄비가 내리면
나뭇가지 흥겨워서 춤을 추지요

바람도 살랑살랑 노래하지요

서현이도 즐거워서 봄비 친구 되어요

봄비 2

싹이 돋았지
잎이 솟았지
봄비는 내리지

꽃잎은 조용히 귀 기울였지
빗방울 소리가 들려주는 소식 받으려고
빗방울들이 전하는 이야기 들으려고
모두 가만히 쉿!
서현이도 쉿!

빗방울 속에 비친 하늘
숲 사이 공원에 다소곳한 연산홍
물거울 파장 일어도
생글생글 웃고 있는 꽃님들

4월의 기운에 솟아나는 잎의 눈들

봄의 생기에 꿈틀거리는 풀잎들

물비늘 이는 연못에

비치는 서현 얼굴

봄 향기 봄비에

물안개처럼 퍼지는 두레봉길

싹이 돋았지

잎이 솟았지

봄비는 내리지

아기 참새

덤불 속 포롱포롱 어디어디 숨어 있나
살며시, 동그란 눈 아무리 찾아 봐도
후두득 요란한 소리만
보이지 않는 숲속 요람

자잘자잘 종종종종 바깥놀이 하고파
날개가 근질근질 종알대는 참새들
다함께 하늘을 날아 봐
요람 속의 서현이와

무지개 우산

푸른 하늘 놀이터에 퍼져 있는 일곱 색깔
기분 좋게 놀다가
“비 온다 얘들아”
다급한 엄마 목소리 하늘 집 모여들면

빨주노초파남보 자기 자리 잘도 찾아
어깨동무 꼭 붙어 빗방울만 데굴데굴
방긋한 해님 모습에
서현 맘도 무지개

봄빛 물들어

봄 햇살 가물가물 아지랑이 이불 덮고

쑥빛 꿈으로 봄맞이한 들녘

쑥국새 자장가 들리면

잠이 드는 우리 서현

지금이 좋아

포도알처럼 따닥따닥 붙어서 영글은
서현이와 할미 맘이 햇살에 익은 오늘
한겨울 눈사람 될지라도
지금이 좋아좋아

아쉬움

할머니가 우리 집에 오면 기분이 좋다

할머니가 집에 가면 기분이 안 좋다

"그러면?"

할머니 집으로 차 타고 갈게요

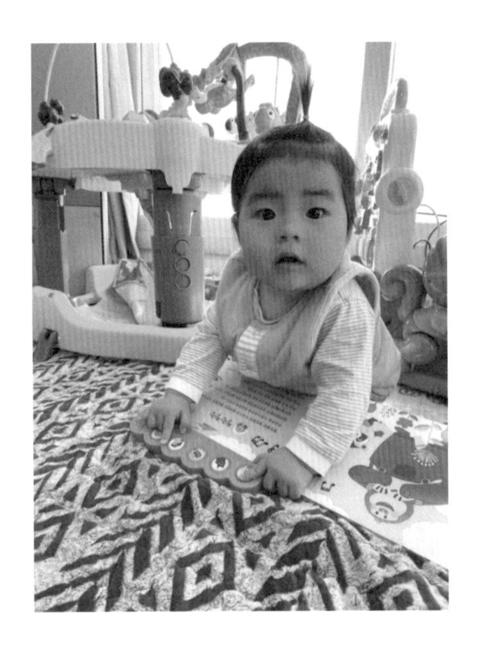

제3부 서현이의 두 살 이야기

가족이야

엄마도 아빠도

우리는 가족이야

할머니도 할아버지도

우리는 가족이야

가족은 사이좋게 지내야 해

우리는 가족이야

까만 국수

새싹 돋는 파란 마음 하늘 높이 날리며
나비 따라 아장아장 꽃잎 좇는 세 살 아이
봄에게 마음 빼앗겨 하 세월 크고 있네

하얀 꽃 노란 꽃 봄 속에 파묻혀서
색깔 꽃놀이하다 배고픈 서현에게
"서현아, 뭐가 먹고 싶니?"
묻자마자 "까만 국수"

까만 국수 무얼까 곰곰이 생각하니
국수에도 색깔들이 하얀색 노란색
.
.
.
우리는 짜장면 집으로

손잡고 룰루랄라

목 가시

세 돌 저녁 밥상 할미가 주는 생선살
꿀떡꿀떡 먹다가 갑작스런 울음에
당황한 눈동자들의
근심스런 질문들

물 마셔도 아프다 침 꿀꺽도 아프다
밥을 앙앙앙 세 번 씹고 삼켜 봐
그래도 목이 아프다
어쩔 줄 모르는 할미

간호사 엄마 아빠 불 비추고 "아 해 봐"
없다 없어 괜찮다 괜찮아 플라시보 효과
맘 졸인 가족들 관심
무색하게 울더니

그래도 아프면 병원 가서 주사 맞자
근심이 웅성웅성 병원 채비 하는데
겁먹은 앙증맞은 서현
“누가 병원 간대, 괜찮아”

눈으로 때렸어

걷기 싫은 서현이 한 발짝도 떼지 않고

눈으로 쏘아보는 이모를 바라보며

흥, 싫어!

계란으로 바위 치듯

바위로 계란 쳤지

“엄마, 이모가 날 때렸어” 눈 흘김에

“뭐라고, 내가 언제 너를 때려, 거짓말쟁이”

“이모가 눈으로 때렸어.”

평생 처음 들어 본 말 몸살

가슴을 때렸어

엄마, 할아버지가 가슴을 때렸어

엥? 무슨 소리,

할아버지가 정말 때렸어

"그래서 마음이 아팠어"

마음 아픈 소릴 했다고?

숲 놀이터

앞산의 나뭇잎들 바람의 간지럼에
세 살배기 서현이처럼 뒹굴뒹글 웃는다
앞산의 허리가 꺾인다
파란 하늘이 하하하

잔잔한 숲속에 바람이 장난친다
여기가 불쑥불쑥 저기가 들썩들썩
온 숲이 깔깔거린다
서현이도 깔깔깔

요술봉이 말하네

-바꾸어 살아 보기

밥 먹다가 툭 뱉은 아이
엄마 얼굴 파문 일자

“요술봉 나와라 짜안

엄마는 서현이 되라 짠

서현이는 엄마 되라 짠

닦아”

신나게 놀고 난 후
엉망진창 놀이방
치우라는 엄마 잔소리
이제는 하기 싫어

"요술봉 나와라 짜안

엄마는 서현이 되라 짠

서현이는 엄마 되라 짠

치워"

달 꿈

창밖에 있던 달이

자다 보니 방 안에 떴어요

조명등 달님에게

“달님아, 어떻게 왔니?”

잠 취한 서현이 찰나에

“아빠가 빌려 왔네.”

꽃과 나비

꽃 한 송이 삐쳤나 봐요
살랑살랑 바람 불어도

입을 꼭 다물고 꼼짝하지 않는 것이
꽃 한 송이 지쳤나 봐요
바람에 꽃잎 펼치고 팔랑팔랑 기다리는
나비는 오지 않고 바람에 그네만 타는 것이
꽃 한 송이 삐쳤나 봐요
해님이 환하게 웃어도
입을 꼬옥 다물고 앵돌아져 있는 것이
장난감 놀이하다 서현이 삐친 모습
꽃봉오리 맺은 한 송이 꽃과 같아요

아무리 달래 보아도
입을 꼬옥 다문 것이

무조건 사랑은 끝

옛 나이로 세 살까지는 무조건 사랑이다

서현이의 감정에 충실했던 사랑을

이제는

끝, 훈육이 필요해

세 살 버릇 여든 간다 하니

뽀뽀

"서현이는 누가 좋아"
엄지 척 "할머니"
"할머니가 왜 좋아"
"뽀뽀 많이 해 줬어"

"뽀뽀를 언제 많이 해 줬지?"
"내가 잘 때"

제4부 서현이의 세 살 이야기

세 살에게 배우다

"눈으로 때렸어"
"가슴을 때렸어"
말 몸살 앓는 세 살배기 서현이가
내어 준 말의 황홀감
놀란 할미의 가슴

새순 같은 세 살에게 회초리 없는 매를
이리저리 맞고 나니, 터지고 열린 마음
세우지 않을 수 없는, 글짓기의 푸른 깃대

꼬라지 할머니

서현 엄마 시집갈 때 놓고 간 고양이
외갓집 올 때마다 즐거움이 두 배로
"내 친구 야옹야옹이"
활짝 웃는 서현이

"고양이 어딨어?" 할머니 물음에
"꼬라지 어딨어" 따라 하는 서현
엉뚱한 말대답에 그만
꼬라지 할머니 되었지

그날 이후 꼬라지 할머니 된 외할머니
꼬라지 할머니가 고양이 할머니로
이제는 자리를 잡아
할미보다 고양이

할머니의 주름살

그림 산맥 그려 가는 할머니의 얼굴 지도
선잠 깬 서현이 눈
고사리 손 끌고 와서

“할머니 여기 여기가
왜 쭈그러졌어요?”

팔자주름 눈두덩 이마를 짚어 가며
할머니 얼굴은 여기가 여기가

왜 이리 쭈그러졌냐고 묻는다
‘세월아, 대답 좀 해 주렴’

거미줄에 걸려 버려[2]

세 살배기 서현이가
곤충채집 채를 메고
숲속 가는 땡볕 길
아이스크림 안 사준 이모에게
“이모는 거미줄에 걸려 버려라”
마법 같은 주문하니

시원한 음료수와 피자 사 온 이모 보고
“거미줄에 걸리라고 해서 미안해”
“괜찮아, 나도 미안해”
오고 가는 정속에

살금살금 잠자리 놓치고 잡았다
통 속의 날갯짓에 파닥파닥 터진 웃음

---

2 서현이가 제일 무서워하던 거미

잘 가라 멀리멀리 날아가

하늘 향해 훨훨훨

그건 안돼

버들강아지 눈망울 틔우는 봄바람 앞에
들바람 지나가고 산바람 깨어난 시간
자매가 소꿉놀이 한창이다
가만히 들려오는 소리

엄마 아빠 말밖에 못하는 동생에게
“서진이는 누가 좋아?”
묻는 언니 말에
“아빠”
“아, 안돼, 그건 내가 골라 놨거던”
“엄마”
“그것도 곤란해”

언니라고 말 못하는 서진이가 어리둥절
서현이가 듣고 싶은 언니 소린 뱅글뱅글

서툴게

주고받는 마음

새록새록 쌓이는 정

힘내

"아이~ 힘들어" 쭈욱 뻗은 아빠 모습 보던 서현

"힘이 불끈불끈, 내 마음을 담아 줄게 힘내 아빠"

떼쟁이 철들 때마다

키득키득 크는 웃음

I~C라고 하지 마

하던 일이 뜻대로 되지 않아 은연중

I~C라고 외쳤다

옆에 있던 서현이

아이씨~~라고 하지 마

나쁜 소리야 할머니

아이씨 대신 아이참이라 말할까

"그럼 아이참은 좋아요 싫어요"

"좋아요"

아이참 참참

아이 신나네 참참

아빠 너무해

영어 학원 가고 싶다는 네 살배기 딸에게
아빠는 엉겁결에 이렇게 말했지
“공부는 혼자서 하는 거야”
“아빠 정말 너~~무해”

학원 안 보내 주는 아빠의 술상 앞에서
속상한 서현이 이렇게 말했지
“술 금지, 몸이 싫어해”
“알았어, 알았어”

흰머리가 좋아

할머니 머리카락 만지던 서현이가

빛나는 하얀 머리카락 발견하고 소리친다

“머리에 하얀색이 있어”

“흰색이 좋아 검정색이 좋아”

“하얀 머리가 좋아”

하얀 눈송이 내린듯

검정 속에 빛나는 하얀 마음 너를 보며

너 소원 그러하다면 염색하지 말아야지

나는 나

미운 네 살 서현이 동생이 태어났다
마음자리 둘 곳 몰라 애오라지 엄마바라기

“왜 그래, 왜 그러는 거야
이유를 말해 봐”

공주 옷에 박힌 옷, 신발은 지 맘대로
소리 없는 뚝심을 고집으로 밀어 본다

“도대체 왜 그러는 거야
이유를 말해 봐”

서현아, 서현아 왜 우니 왜 우니?
엄마에게 울지 않겠다고 약속해 주렴

“예, 엄마 약속 할게요
제 말도 들어 주세요”

그럼, 그럼 서현아, 엄마에게 말해 보렴
“엄마도 나에게 약속해 주세요

만약에 내가 울더라도
엄마가 이해해 줘”

그래, 그래 약속해, 엄마가 약속할게
그 대신 그 이유를 자세히 말해 줘

그래야 엄마가 너를
이해할 수 있을 거야

공평해

1

"할아버지가 서현이 사랑해~ 보고 싶다!"

"아이 참 피곤해" 삐죽이 한마디에

섭섭한 외할아버지

그래도 마냥 좋아

"서현이 피곤한데 할머니가 사랑해도 돼"

"응" 이 무슨 조화인지 좋아하던 외할머니

하지만 서현이 동생은

외할미만 보면 "시어 시어"

2

새봄 돌아오자 큰아이 옷만 4벌을 샀다

의아한 서현이 고민에 빠졌다

동생이 "할머니 싫어" 해서 동생 옷은 안 사 줬나?

"서현이가 입고 작아지면 동생에게 줘

그래서 할머니가 안 사 왔지, 그렇게 해~"

"아이 참, 싫어요 내 거예요"[3]

"시어 시어" 뺏어 가는 동생

---

3 마음씨 착한 서현이 당근 그림 내복은 동생 서진에게 주었답니다.

돌아올 거야

서현이와 동화책 읽다가 하늘나라에 간

할아버지 생각에 "슬프다 어떡해"

"괜찮아 다 나으시면 다시 돌아올 거야"

눈부심

햇빛이 쨍쨍한 날 집 밖으로 나온 서현

갑자기 마주친 눈부신 눈깜작이

“햇살이 너무 많아요

가려 주세요 빨리요”

감사해요

엄마와 이모는 할머니 뱃속에서 나왔고

그래서 할머니한테 감사하다고 말해야 해

나는요 엄마 뱃속에서 나왔고

그래서 엄마한테 감사해요

정리하세요

가게 놀이 장난감 맛있는 아이스크림
신나는 그림 카드 단어 따라 말하기
놀이 끝
장난감 정리
딱 재미없는 시간인데

할머니 운동하세요
그래야 건강해요

그럼 네가 하렴
너도 건강해야지

좋아요 나는 발레하고
할머니는 정리하세요

마스크 팩

무더운 여름날 하얀 옷 입은 얼굴
가면 쓴 마스크 팩 바라보던 서현이
할머니, 나도 피부가
좋아지고 싶다

서현이는 크면 클수록 피부가 좋아져요
성장호르몬이 서현이를 예쁘게 키워 줘요
할미는 성장호르몬이 사라져서 슬퍼요

인어공주

물고기처럼 물 즐기는 긴 머리 서현이

물속이 집인 양 안 나오는 아이에게

“그러면 인어공주가 되어 봐”

“그건 싫어, 다리가 없잖아[4]”

---

4 다리가 없다는 시늉을 함 : 두 다리를 모으고 두 발바닥을 펼쳐 지느러미 모양을 만들어 “다리가 요렇게 생겼잖아” 함.

제5부

서현이의 네 살 이야기

미역국이 좋아

바다 냄새 찾아서 미역국을 끓였다
네 살배기 외손녀 "누구 생일이에요"
서현이 좋아하는 국 향기가 솔솔

"서현이는 왜 미역국이 좋아요"
"빨리 내 생일 오라고 많이 먹을 거예요"
바다가 살리는 생명
나이테를 그려 가는

갖다 버린다

그리기 놀이동산 장난감 연못은
부초처럼 떠도는 어리연의 경기장
밟히고 찢어진 그림, 쓰레기통에 툭툭툭

그림 삼매 빠졌는데 곰슬곰슬 들이대는
열 달 된 동생이 찢어 놓은 서현 그림
"너 자꾸 그러면 쓰레기통에 갖다 버린다"

두 눈 커진 엄마 아빠
"누가 그렇게 말했어"
"할머니"
두 눈 동그래진 오명 쓴 할미는
'애 봐준 공 없다더니'
그래도 괜찮아

할 수 있는 데까지, 갈 수 있는 데까지
우리 손잡고 가 보자, 인류 진화의 공은
할머니 덕분이라는데
그 무엇이 두려워

아빠 좀 도와 줘

아빠가 연 냉장고 문이 덜커덩 닫힌다

"엄마, 아빠 좀 도와줘, 아빠가 짜증났잖아"

부엌일 매일하는 아빠 모습

평상시 다 보았다는 듯

땀이 나요

이글이글 떠다니는 방울방울 햇살들이

놀이터에 모여들어 송글송글 맺힌다

“할머니, 머리에 물이 나요”

옹달샘인 듯 퐁퐁퐁

부끄러움

-수줍음

부끄러워 인사 못한다는 서현에게

부끄러워하지 마, 부끄러워하면 바보야

그 순간

아차 아니다

잘못된 판단이다

잘못한 거 없이 부끄러워하는 것은 바보다

무엇을 잘못했을 때 부끄러운 것이다

"서현아 너 잘못한 거 있어?

아니면 부끄러워하지 마"

어른들께 인사 못하는 수줍은 서현에게

인사를 못하면 바보가 될 수도 있어

멍하니 생각 잠긴 서현

빙그레 웃으며

그날 오후 태권도 학원에 간 서현이

"백호, 안녕하십니까" 당당한 인사 한마디

진정한 부끄러움은 내 잘못을 아는 것

우리 집에서 나가

동생으로 향한 할머니 관심에 심통 난 서현이
"할머니 우리 집에서 나가, 할머니 집 가"

그러면 너도 우리 집에
고양이 보러 오지 마

주말 되자
"엄마, 할머니 집에 고양이 보러 가도
되냐고 전화해서 조심조심 물어봐"

언제든 대환영이지
갈 때가 더 좋지만

외할머니는 집에 가고 친할머니가 올 거야
할머니 말씀 잘 듣고 잘 지내야 돼

"와아아 신난다 만세"
애 봐준 공은 없다더니

딸이 묻는다
엄마, 다음 달에 올 거지
"서현이가 할머니 집에 가라는데 뭘 와"

긴장된 순간 서현이
"할머니는 장난꾸러기네"

띠 바꾸기

아빠는 용띠 엄마는 원숭이띠
서현이는 쥐띠 할머니는 토끼띠
"토끼띠 내가 할 거야
할머니랑 바꿔"

그 후 어쩌다 띠 이야기 나오면
"나는 토끼띠야 할머니랑 바꿨어"
꼬마도 쥐는 싫은 모양
12지간 일등인 줄 모르니

옛날엔 나도 아기였는데

네 살배기가 돌 지난 동생 우는 모습 보고

“나도 옛날에는 아기였어, 울었어”

어제가 옛날 옛날 된

서현이의 역사 이야기

그렇게 재밌어

호기심을 끌고 가는 네 살배기 서현이
발레 영어 태권도 피아노 미술 수학
공부가 그렇게 재밌니
네, 진짜 진짜 재밌어요

친할머니랑 한글 놀이 하다가 제 맘에 안 들었는지
"할머니 단어 공부 좀 하세요" 빵 터진 우리들

그러면 외할머니는
"단어 공부 안 해도 돼"

아껴 써

냇물이 흐르는 물감 놀이 도화지
삐뚤삐뚤 엉망진창 빗나간 물줄기
에이 참, 맘에 안 들어
찢어 버린 한 장

"도화지를 함부로 찢으면 어떡하니
돈 주고 사려면 일 많이 해야 해"
"괜찮아 엄마 아빠가 회사 다니잖아"

화해의 손길

"할머니 집에 가도 되냐고 물어봐요
조심조심 엄마가 전화해 보세요"
외손녀 돌보미 할미
집 비운 주말에

떼쟁이 네 살배기 악동 "우리 집에서 나가"
서운한 할머니 "너도 우리 집에 오지 마"
기싸움 줄다리기에
엄마 아빠 한마디

그 이후 내밀던 혀 쏙 집어넣고서
곱신곱신 예쁜 말만 뽑아내는 생각머리
빙그레 웃으며 안기는
포근한 서현이

네 살 아이의 비밀

할머니, 할머니가 좋아요 안아 주세요

걷기 싫은 서현이 할미 품에 안기며

귓속말 “안 걸어왔다고

말하지 마세요 비밀이에요”

흥얼흥얼

-박서현 흥얼거림

하나 하면 하늘이 열려요

둘 하면 둘이서 걸어요

셋 하면 세상이 보여요

넷 하면 넷이서 함께 가요

다섯은 다 같이 가요

우리는 친구예요

손녀 사랑

화단에 영산홍 새빨갛게 피었다
"할머니 화단이 뭐야"
"꽃밭이지, 그럼 꽃은 뭘까"
"꽃은 할머니"
"할머니는 뭘까"
"보고 싶다"
"보고 싶음은 뭘까"
"할머니"

꽃은?
할머니다
할머니는?
보고 싶다
보고 싶음은?
할머니지

언니의 변신

욕조에서 비누 놀이 물거품으로 사라질 때
거실에서 들리는 어른들의 웃음소리
"가족은 서진이만 좋아해
나만 빼놓고 재밌대"

갓 태어난 서진에게 빼앗긴 가족 사랑
신기한 동생 모습 사랑하는 척하지만
속상해
떠나는 관심
나에게 돌려보기로

예뻐하는 척하며 눈길 피해 꼬집은 듯
언니만 나타나면 자지러지는 동생
꿍꿍이
용심이 들통 난

답답한 이 현실

엄마로 변신한 듯 사랑으로 보살피는

서현이의 달라진 따뜻한 그 행동에

마음을

모두 비웠나

내리사랑에 덤비던 언니

가족이라더니

서현이 두 살 때
우리는 가족이야
아빠도 엄마도
할머니도 할아버지도
가족은
사이좋게 지내야 돼

네 살 된 서현이

할머니는 가족이 아니야

우리 집에서 나가 여긴 우리 집이야

"집 살 때 돈은 누가 냈지?"

“나는 가족이잖아”

우리 집 밥이야

소담스럽게 차려진 맛있는 밥상에서

서현이 말하길 "할머니 밥 많이 먹지 마

우리 집 밥이야" '뭐야'

말문 막힌 할머니

운동은 즐거워

유치원에서 배운 인라인
빙상스케이트 수영 줄넘기
운동신경 예민한 서현이의 실력은
줄넘기 일취월장해
일백 번을 넘겼다

수영은 무서워도 스케이트는 선수같이
요리저리 얼음판 꽃사슴처럼 달리다
유턴도 완벽한 모습에
누가 보면 훈련생인 듯

수줍은 성격에 기질은 경쟁적
아장아장 걸을 때도 총총총 달릴 때도
우리는 서현이 뒤에
줄줄이 서야 했다

하늘나라 가

아빠, 하늘나라 가

나도 따라 갈게

“아~ 서현아 이게 무슨 말인지 알아?”

부녀간

묻어 둔 대화

머~언 훗날 이루어지길

우연히 대화 들은 할머니의 놀란 눈

내색할 수 없었던 알 수 없는 하늘나라

그 나라

어떤 곳인지

할머니가 먼저 가 볼게

무안 비행기 참사[5]

항공기 조류충돌 랜딩기어 미작동

아빠, 비행기 사고 났대
181명이 탔는데
2명이 살고 179명이 죽었대
"서현아 누가 그랬어?"
속초 할머니가
서현의 숫자 기억에 놀란 외할머니
전화한 서현 아빠
"엄마, 비행기 사고 왜 서현이한테 말했어요"

"우리는 뉴스만 봤어"
애 봐준 공 없다더니

---

5 2024년 12월 29일 오전 9시경 무안공항 비행기 사고로 돌아가신 모든 분들께 "삼가 고인의 명복을 빕니다"

장난이었어

할미의 호기심이 서현에게 묻는다

"서현이가 할머니에게 우리 집에서 나가
우리 집 밥이야 많이 먹지 마
그래서 할머니가 많이 슬펐어"

생글생글 웃는 서현

"할머니 장난이었어
그것도 몰라"

2장

정현경의 글 몸살

외할머니

제1부 놀이터

놀이터

재미가 올라간다 그네 타고 하늘 높이

짜증이 내려간다 그네 타고 땅으로

이제는 바이킹이 대세다
롤러코스트 놀이터

햇살의 아침밥

아침 햇살 배고팠나 냉장고 문에 앉았어요
무엇을 먹었을까 한참 있다 떠났어요
구수해 맛있는 냄새
가을이 익었나 봐요

아침에 눈뜬 나도 냉장고 문 열었어요
햇살이 무엇을 먹었나 쫘악 펼쳐 봤어요

단풍이 손짓하는 반찬
잔치가 한창이네요

아침마다 오는 해님

우리 집 냉장고를 찾아온 햇빛 친구

안에 있는 음식물 샅샅이 찾아 먹고

빙그레 힘이 난 햇살

온 누리를 비춘다

햇살의 아침 식탁

오늘도 찾아온 아침 햇살 얼굴이

밝고 맑다 유리병 속 견과류 얼굴까지

환하다 서로의 미소

힘이 나는 하루다

왜 자꾸 오니

날마다 빗장 열고 들어오는 아침 햇살
강렬한 빛줄기 쏜다 냉장고 속으로
자꾸만 배고프다고
보챈다 떼를 쓴다

먹고 싶은 거 그림으로 남겨 놔, 사 올게
내일을 기다리며 자꾸 와도 밉지 않은
투명한 샘물 같은 너
통통한 햇살 친구

냉장고 문에 앉은 햇살

해님의 식사 준비 스캔하는 아침 햇살
무엇이 있는지 열지 않고 아나 봐요
조용히 빛나는 미소
너무너무 놀랐어요

무엇을 먹었는지 점점점 더 빛나요
온 누리에 뿌리는 찬란한 빛살들
따뜻한 기운 힘차게
내뿜고 있어요

엄마의 아침 동산

햇귀 떠오르는 뒷동산 묘지 앞마당
아침노을 솔 사이로 쏟아지는 햇살 언어
엄마의 아침 동산엔
그리움이 가득하다

저 멀리 보이는 아침 먹은 산등성이
바라만 보아도 아늑한 요람이다
가져온 그리움 주머니
살며시 놓고 간다

불어난 또랑물

누가 부르는지 누굴 찾아가는지
돌멩이에 뺨을 맞고 수초에 할퀴면서
달린다 또랑 물결들
어디서 누구를 만나려고

또랑물은 달린다 자꾸만 달린다
돌멩이를 쳐 가며 꼴딱꼴딱 달린다
어디서 누구를 만나
어디까지 가려고

바람과 구름

나뭇잎들 춤추는 바람 예술 음악가
무희들 나래짓 푸른 하늘 광장 무대
백조들 노니는 호수 그려 가는 흰 구름

구름 화가 여유롭게 그리는 하늘 경치
푸른 하늘 뭉게구름 가만히 바라보며
눈 감고 살며시 다가가 그 위에 누워 본다

비가 내리면

평범한 일상에 특별식 같은 손님
다과상 빗물 차 꿀꺽꿀꺽 마시는
비온 날
빙의되는 나
싱싱한 풀 한 포기

고단함 차곡차곡 웅덩이에 넣어 놓고
동그라미 파문으로 나이테를 그려 넣고
따뜻한 입김으로 모락모락
피어나는 새 삶

빗속 진달래

자짝자짝 봄비 속에 꽃눈들 세수하고

달싹달싹 꽃망울들 연분홍 빛 설렘

사르락 꽃잎 틔우는 수줍은 진달래

빗소리 발자국

-벌들의 걱정

삼일 밤낮 빗줄기 목욕한 아카시
활짝 피지 못하고 황달 걸린 얼굴이다
꿀벌들 늘어난 근심 곳간이 비어 간다

하루의 빗줄기는 푹 쉬라는 공휴일
이틀의 빗줄기는 황금연휴 수다 떨기
삼 일째 빗줄기 휴가
식량 걱정에 잠 못 드는

빗방울 꽃

별이 되고픈 빗방울 솔잎에 앉고
꽃이 되고픈 빗방울 꽃잎에 앉는다
나의 별 젖어 빛나도
기쁨이 방울방울

보이지 않으며
소리 내지 않으며
조용히 착지점 찾아 방긋방긋 웃으며
너의 별 파릇이 돋게 하는
생명이 방울방울

하늘 문 열쇠

태어날 때 몽고반점 하늘 옥새 합격품

돌아올 때 잘 찾아오라 쥐어 준 손금 열쇠

이 세상 순리대로 살다 가면 하늘 문 열릴까

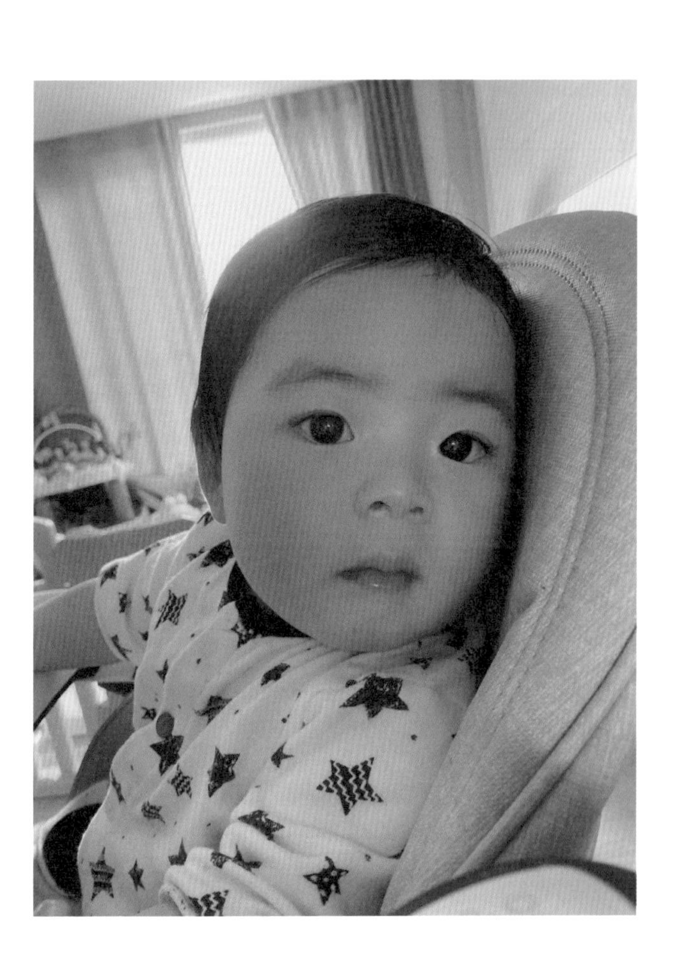

제2부 봄 마중

봄 마중

꽃샘바람 접힌 날개 봄바람이 살랑살랑

수양버들 연둣빛 강아지가 주렁주렁

짹짹이 병아리 떼가 물고 온 분홍나비

봄의 반란

풀잎 사이 반짝반짝 수정구슬 모여서
빛나는 은구슬 쏟아 내는 봄의 반란
녹색 잎 사이사이 눈 뜬
명자나무 꽃 주머니

보슬비 머금은 붉은 송이 간질간질
봄바람 소리에 깜짝 놀라 두근두근
깨어난 동그란 얼굴
재치기로 터진다

봄

두 손 모아 봄을 살포시 받쳐 올리면
화창한 햇살 무리 조용히 내려앉아
손에선 파릇파릇한 봄 향기 피어오르고

푸른 싹 숲을 이뤄 눈높이 동산 하나
흔들흔들 하늘하늘 신나는 춤사위
휘파람 창공으로 날아가 봄바람이 되는 날

두 발 모아 봄기운 살포시 받쳐 올리면
봄의 숨소리 간지러워 더듬거리는 물줄기
수문 연 얼음 세포들 겨울잠 깨우고

졸졸졸 또랑물 기차 타고 모여들면
잔잔한 호수에서 오리처럼 노닐다가
봄바람 창공으로 날아가 흰 구름이 되는 날

봄비 내리니

1

어제 뿌린 들깨 씨

봄비가 내리니

내 마음이 먼저

달콤달콤 봄맞이

땅속에 누워 꾸는 꿈

고소한 뿌리 내리겠네

2

아장아장 아기 손잡고

보슬보슬 봄비와

까꿍까꿍 놀았더니

에취에취 감기가

콧물로 쪼루룩 쪼룩
열 나고 코가 막혀

3
새록새록 자라는 건 새싹이나 아기나
우주의 기를 마셔 푸른 하늘 닮아 가나

봄비가 뿌리고 간 사랑
해맑게 크고 있어

비 온 뒤

빗방울 친구 삼은 꽃눈들 조롱조롱

길섶에도 물소리 푸른 꿈이 도란도란

촉촉한 삶의 활력소 풀잎 위의 꽃잎들

빗방울 풍경

새의 나래 빌려 광장으로 날아간다
수정 빛 몸매 줄줄이 이은 긴 꼬리로
올챙이 떼 지은 행렬
유리창을 타고 간다

동그라미 파문으로 물결이 춤을 춘다
시냇가 송사리 떼 심장이 두근두근
물방울 내민 눈들이
퐁당퐁당 빠지는

우산 받쳐 입은 나그네 단풍 손님
추적추적 찾아온 저녁놀 단풍비
손잡은 무지개 사다리
올라가는 하늘 꿈

빗방울 얼굴

흐릿한 하늘 속 산들바람 불더니
한 알 두 알 떨어지는 동그라미 빗방울

똑똑똑 유리창에 비친

보고픈 얼굴 하나

봄 동산

하얀 꽃잎들이 노랑 꽃잎을 깨웠지
노랑 꽃잎은 분홍 꽃잎을 깨우고
분홍 꽃잎은 보라색 꽃잎을 깨워
초록색 잎사귀 속에 속속 숨었지
누가누가 더 예쁘나 술래잡기하면서

점점 더 커지는 술래의 날갯짓
백매화 개나리 진달래 영산홍
제비꽃 수수꽃다리로
봄 동산 만들었지

봄나들이

봄 향기 퍼지는 두레봉 공원 산책길

꽃은 햇살을 품고
햇살은 꽃에 내려앉아
꽃잎 살포시 두드린다

봄은 바람과 함께 꽃잎을 물고
나비와 함께 손잡고 춤추며
벚꽃은 눈송이 되어 휘날리지

바람 불어 꽃 피는 봄
봄 얼굴이 눈을 깜빡거리고
봄 숨소리가 기지개 켜는
아가의
입속에서

꽃망울 터뜨리는 장면을

그만 보고 말았어

봄 풍경

쿵

쿵

쿵 봄이 오고 있어요

싹

싹

싹 새싹이 돋고 있어요

살

살

살 봄비가 내려요

짝

짝

짝 박수를 쳐요

봄꽃 축제

팝콘 터지듯 태어나는 건 순식간
환한 얼굴 톡톡 튀는 봄꽃들의 축제장

하얀 꽃 택배 받은 창공
바람은 향기로워

사람들 미소도 팝콘 터지듯
환한
꽃망울 웃음 속에 벙그는 희망들

하얀 꽃 배달하는 바람
상큼한 푸른 하늘

윙윙윙 날아라

벌들의 날갯짓에 꽃잎들 심장 뛴다

벌들의 입맞춤에 호흡이 멈춘다

활짝 핀 꽃잎 춤사위

윙윙윙 날아라 봄 동산

통통통

갓난 아이 칭얼칭얼 밤낮 없는 성장통

대책 없는 미운 네 살 가슴 치는 복장통

사춘기 아~ 지진통에

갱년기의 불타는 우울통

무한 리필

해에게 불을 뽑고

구름에게 비를 뽑아

바람에게 생명 주어

흙에서 살아가는

푸르른 저 식물들은
무한 리필 사랑으로 산다

제3부 달님은 재주꾼

달님은 재주꾼

하늘이 바다인 줄 낚시 가게 차렸다가

여우 눈 키워서 바나나 걸어 놓고

어느새 만선 항해하는

변덕쟁이 재주꾼

추석 달

높다란 곳에 앉아

흘러가는 저 달

이 구름 저 구름

왔다 갔다

숨바꼭질하면서

아무나 따라다니는

바람둥이 추석 달

아니 아니 아니지 우리들 소망 담은

항아님의 항아리에 가득 찬 소원 쪽지

누구나 보살펴 주는

수호천사 추석 달

홀쭉한 눈

산마루에 걸려 있는 달님은 변덕쟁이

며칠 전 환하게 웃던 둥근 얼굴이

어느새

홀쭉한 눈만 남아

미소로 윙크하네

초승달

어둠 속 헤매는
밤하늘 우주 미아

밤바다 헤매는 돛단배 한 척

하늘의 저! 등대지기
내 친구 초승달

달님 별님

눈앞에 동그랗게 떠 있는 저 달님

십 리만 올라가면 닿을 것만 같은데

서울과

부산보다도

더 멀다니 말이 안 돼

저 달님 집에서 오 리만 더 가면

반짝반짝 별나라도 닿을 것만 같은데

조금만

더 힘을 내봐

손에 손을 잡아 봐

넘어야 할 산도 없고 막힌 곳도 없는데

감춘 곳 하나 없이 홀딱 벗은 달님별님

언제나

눈 맞춤으로

떠 있기만 하다니

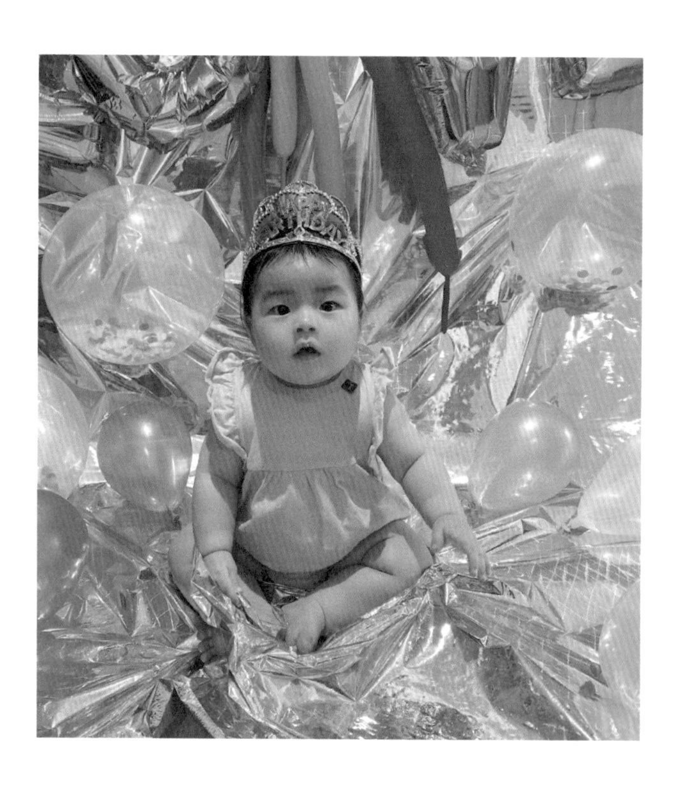

달 따 줘

엄마 달 따 줘 왜 매일 달님은 밤에만 나와
해님이 무서운가 봐

엄마 달님은 왜 나를 따라와
네가 좋은가 봐

엄마, 달 따 줘
아가야, 너무 높단다

아니야, 저기 저렇게 보이잖아
그렇구나,
어떻게 따지
걸어가면 돼요

그렇지

오늘은 달님 따라 걸어가 보자

달님 얼굴

와아 ~ 오늘 밤 달님 얼굴이 환해요
낮 동안 기분 좋은 일이 있었나 봐요
싱싱한 노른자처럼 탱글탱글 빛이 나요

어머~ 오늘은 달님 얼굴에 수심이 가득해요
낮 동안 걱정되는 일 있었나 봐요
구름에 하얗게 질린 얼굴
너무 아파 보여요

어머나~ 오늘 밤 달님은 부끄러운가 봐요
불그스레한 얼굴 누군가 사랑하나 봐요
아무도 없는 밤하늘에
왜 저렇게 붉을까요

여름 장마

해와 달을 까만 방에 가둬 버린 먹구름

철부지 별님들의 신나는 휴가철

지구에 매년 오는 수해

예방접종 안 되나요

어둠이 세수하면

어둠이 세수하면 아침은 바빠져요
출근하는 아빠 엄마 아침이 바빠요
어둠이 세수하면 새 아침 밝아 와요
등교하는 내 마음도 바빠요 바빠요

어둠이 세수 하면
바빠요 바빠요
우리 모두 바빠요
하느님도 바빠요
들꽃들도 바빠요
어둠이 세수를 하면 모두모두 바빠요

내 마음이 세수하면 세상이 환해요
어둠은 사라지고 웃음꽃이 피어요
어둠이 세수하면 이 세상이 환해요

꺼지지 않는 하늘 횃불 온 세상이 밝아요

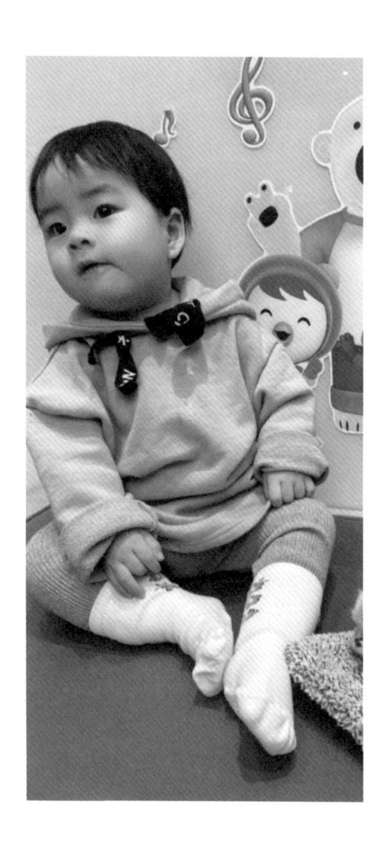

위성사진 찍기

우주여행 사진 찍는 감독관 해님 햇살
산도 강도 집들도 샅샅이 내려다봐
손잡은 달님별님도
반짝반짝 찰칵찰칵

바탕 사진 구름 속에 사람들이 살고 있어
매일매일 일상들이 그 속에 들어 있어
그 누가 무얼 하는지
해님은 알고 있나

횃불 해님 등불 달님

꺼지지 않는 횃불로 낮을 밝히는 해님

은은한 등불로 밤을 지키는 달님

오늘도 횃불 등불로 온 세상이 환해요

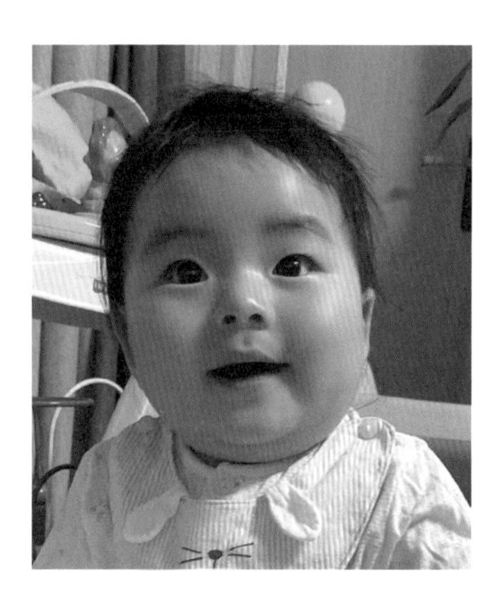

눈높이

1

한 살의 한 계단은 그 높이가 백두산

두 살의 한 계단은 그 높이가 앞동산

세 살에 평지 같은 높이는

기적을 이룬다

2

섬마섬마 한 발자국 흔들흔들 발 옮김

아장아장 두 발자국 가까워진 우리 사이

발자국 멀어져 가는 세 살배기 우리 아가

3

기적이던 눈높이 백두산처럼 높아지나

점 점 점 깎여 가는 현실의 희망 고문

똑바로 평지만 걸어도

탄탄대로 한 생애

아이고 아리랑

슬퍼도 아이고~

웃겨도 아이고~

고단해도 아이고~

즐거워도 아이고~

아이고 아리랑 속에

오늘 하루도 아이고

새가 날아도 아이고~

꽃이 피어도 아이고~

비가 와도 아이고~

해가 떠도 아이고~

아이고 아리랑 고개
산등성이 넘어간다

울 외손녀 눈웃음
단 한 번에 아이고~

세상 시름 모두 와도
끄떡없는 방패막이

아이고 아리랑 고개
우주선을 타고 간다

제4부 친절한 한마디

친절한 한마디

안녕하세요. 반갑습니다.
그간 잘 지내셨나요?

첫마디가 밝으면 뒷말이 속상해도
용서가 될 텐데
인사말 잘라 먹고 토해 내는 말
용서가 안 돼
안녕하세요. 반갑습니다.
그간 잘 지내셨나요?
이렇게 물어 준다면
모든 게 용서가 되지

이보다 더 친절한 말
어디 있나요

사월의 아이

사월의 벚꽃 같은 아이가 바람에게 묻는다
개나리를 보았니
목련을 보았니

그럼그럼 보았지
벚꽃도 보았지

사월의 새순 같은 아이가 바람에게 묻는다
나비를 보았니
벌들을 보았니

그럼그럼 보았지
새순들도 보았지

사월의 봄 햇살 같은 아이가 바람에게 묻는다

신나는 산을 보았니
춤추는 물을 보았니

그럼그럼 보았지
봄 햇살도 보았지

사월의 흰 구름 같은 아이가 바람에게 묻는다
종달새를 보았니
파랑새를 보았니

그럼그럼 보았지
흰 구름도 보았지

눈

어제의 청명한 날씨 속에 숨어 든
찬바람의 속셈을 나도 몰랐어
밤새워 하얀 세상 만든 거
정말 몰랐어

메두사를 잡은
영웅 헤라클레스인들
이런 세상 만들 수 있겠어
까만 마음 씻어 가는
요 예쁜 새하얀 세상을
눈은 요술쟁이

구름

엄마는 하늘에 살고 나는 땅에 살아
보고 싶은 마음 하늘땅만큼 솟아나면
멍하니 하늘만 본다
엄마 얼굴 찾으러

뭉게구름 무리 지어 이사 가는 도중
내 살던 전생 마을 기쁘게 지나는데
두고 온 얼굴들 보고
엄마 비 된 먹구름

비행기 1

비행기 타고
윙~ 윙~
올라갔더니
구름이 점점 내려옵니다.
구름이 점점 내려오더니
집과 산과 길이 구름에 쌓여
또 하나의 하늘이 됩니다.

바다는 하늘이 되고
구름이 눈 쌓인 남극 되고
눈보라 날리는 겨울 풍경
구름은 파도 되어
또 하나의 하늘이 생깁니다.

올려다보는 하늘이

내려다보는 하늘 되고

나는 하늘 위에 떠 있습니다.

비행기 2

어느 날 구름 아래서 구름 위로 떠올라

아래 위 세상을 떠메고 간다

구만리 난다는 붕새가

등에 태워 날고 있다

칭찬 받은 것들

칭찬 밥상 앞에서 맛있게 먹는 꿈

예쁘다, 착하다
귀엽다, 야무지다
그런데 최근
특별한 건
문학 언어 치료사 교수님의
"언어디자이너 천재성 있네"라는
칭찬 한마디

칭찬은 고래도 춤추고
우리들도 춤추게 해

말 주머니

좋은 말 주머니의 친구들을 만나면
좋은 생각이 호호호 자라서
맑은 샘 퐁퐁퐁 흘러
해맑은 하루가

웃긴 말 주머니의 친구들을 만나면
웃긴 개그가 하하하 자라서
폭포수 시원한 줄기
활어 같은 하루가

매운 말 주머니의 친구들을 만나면
멈출 수 없는 재채기가 톡톡 튀어 나와
희나리 연막탄 연기
돌아서는 눈물 콧물

쓴 말 주머니의 친구들을 만나면
고통스런 생각이 흑흑흑 자라니
좋은 말 생각 주머니 손잡고 다니자

나를 사랑하는 말 주머니 옷을 입고
달달한 솜사탕 손잡고 다니자
친구야, 따뜻한 말 주머니
주머니에 넣어 다니자

복 짓기

복 짓는 게 무얼까
가만가만 생각하니

나 아닌 너에게
긴 젓가락으로 먹여 주기
나 아닌 너에게
기쁜 말로 칭찬하기
나 아닌 너에게
예쁜 맘으로 기도하기
그러면 오히려
내가 더 즐겁지
아낌없이 주는 사랑에
사랑합니다
아낌없이 주는 감사에
감사합니다

흐르는 물방울처럼

퍼지는 햇살처럼

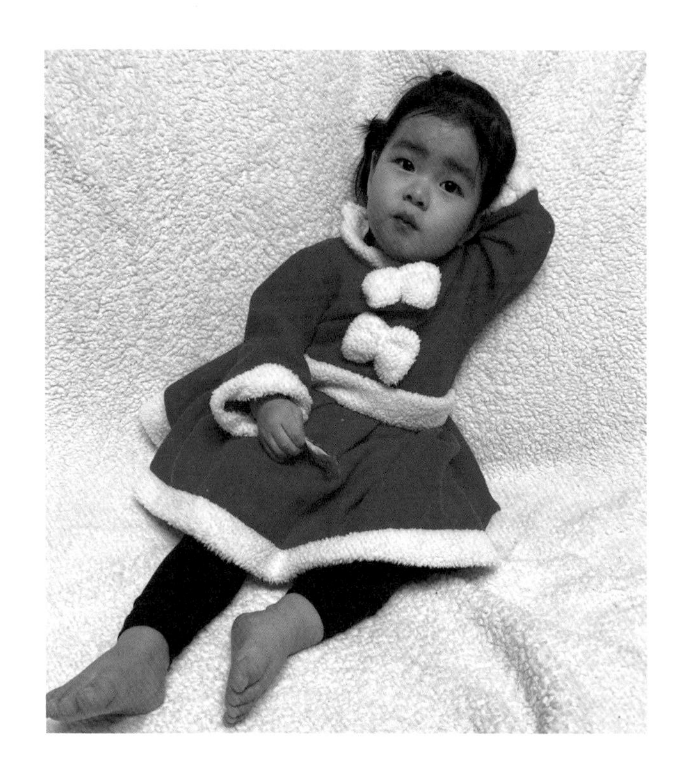

가을 하늘

푸른 물에 하얀 라면 보글보글 끓이면

참새 떼가 종종종 흰 구름 모여들고

흐르는 구름 라면은

하늘 강을 이루고

오늘

천상의 꽃 나라와
이끼 낀 삶이
깍지 끼고 앉은 오늘.

오늘 이 밤이 지나면
오늘이 어제 되고
내일이 오늘 된다.
한 밤 자고 났더니

정말~~
그랬다.

반짝 비

돋음별 빛나던 하늘에 갑자기

아침이 캄캄하고 요란해
천둥 번개 비 친구와 숨바꼭질
징검다리 건반은 시냇물 소리에 젖고
내 마음 건반은 물 위에 뜨고
술래 된 해님 모두모두 찾았나 봐
먹장 구름비 어느새 사라지고
뽀송뽀송 해맑은 해님 얼굴
말갛게 세수하고 밀려오는 물결들

개울가 징검다리는
신나게 노래해

비 친구

바람과 함께하는 빗방울 행진곡

나무도 춤추고 내 마음도 둠칫둠칫

나뭇잎 은구슬들도

신나서 또롱또롱

바람이 불지 않는 건

바람도 누군가와 머무르고 싶은

순간이 있기 때문이다

바위틈에 숨어 있는 민들레에게

양지 녘 풀 속에 피어 있는 제비꽃에게

지나가던 나에게

하고 싶은 말이 있기 때문이다

바람이 불지 않는 건

조용히 생각하고 싶은

순간이 있기 때문이다

글을 마치며

덕은지구 할머니부대

싱싱한 신록의 초여름이 시작되는 어느 날 나뭇잎의 춤사위 따라 상경한 잎새 하나가 있었다. 푸른 꿈이 동그랗게 번져 가는 빌딩 숲은 신도시의 탄생을 알리듯 웅장하게 치솟고 있었다.

그 뒤에 자리 잡은 아파트 단지의 평범한 아침은 저마다 아이들 손잡고 등원시키는 할머니와 엄마들의 행렬이 있었다. 아침이 밝아 오면 젊은 엄마와 할머니들의 유모차 행진도 이 아파트 단지의 색다른 풍경이다. 분명 저출산으로 아이들 울음소리 듣기가 어렵다는 현실에 신선한 충격이 아닐 수 없었다. 까마득한 어느 동네와는 달리 희망이 조롱조롱 열리고 삶의 향기로 활력이 샘솟는 동네다. 큰딸이 살고 있는 고양시 덕은지구의 풍경이다.

등원 첫째 날 잠에 취하여 일어나지 못하는 큰손녀를 겨우 깨워 등원 준비를 부랴부랴 했다. 유치원 차량 시간에 맞추어야 하기 때문이다. 작은 외손녀를 안고 큰 외손녀는 걸어서 등원을 하는데 외손녀의 친구 할머니들이 인사를 한다. 데면데면 어설피 전하던 할머니들의 눈인사가 차츰 해맑은 아침 일상이 되어 내 마음에 와 닿는다. 몇 차례를 오가며 인사를 나누다가 다섯 명의 할머니들이 서로 안면을 익혔다. 낯선 환경에서 맺어진 또 다른 인연의 시작이었다.

이 신선한 모임을 우리는 '덕은지구 할머니부대'라 이름 지었다. 아이들 이야기로 이어진 수다는 시냇물처럼 흐르고 쏟아졌다. 나오는 물줄기 수다에는 빛이 나고 있었다. 다이아보다 더 맑고 투명한 아우라의 빛들이 할머니들의 머리 위로 왕관을 씌우고 있었다. 장한 할머니들의 모습, 기쁨과 환희에 찬 그녀들의 생기 넘치는 웃음에서 보석 같은 활력소를 보았다. 신기하고 아름다운 세계를 보았다. 콜럼버스가 신대륙을 발견했다면, 나는 할머니들의 신세계를 발견한 기분이었다.

21세기 젊은이들이 결혼도 아이 낳기도 기피한다는데, 이 신도시에는 어린이들이 푸른 들판의 새싹같이 자라고 있었다. 집 장만으로 경제적 부담이 큰 젊은 부모는 외벌이로 감당이 안 되어 맞벌이를 할 수밖에 없었다. 그들은 그들의 사정을 너무나 잘 아는 친정 엄마 혹은 시어머니께 도움을 요청할 수밖에 없었던 것이다.

아이들 등원이 끝나면 아파트 단지의 티하우스(Tea-house)에서 소풍 온 듯한 할머니들은 티타임을 즐긴다. 그러다 톡방을 만들고 주 1회 식당에서 점심 식사를 했다. 한 달도 안 되어 돈독한 라포를 형성하고 집으로 초대하여 차며 식사를 대접받기도 했다. 축적된 할머니의 손맛은 그 어느 맛집보다 훌륭했다. 손주들로 인하여 형성된 할머니부대의 막강한 힘이 온 동네에 웃음을 심고 있었다. 손자 손녀와 아들 며느리, 딸 사위의 그 어떤 이야기를 해도 모든 건 웃음으로 마무리가 되었다.

손주 돌봐 달라는 딸의 요청에 난 별 고민 없이 승낙했다. 세 남매를 키웠고 어린이집 교사로 아이들을 돌본 경력이 20년이었다. 나의 전문 인력이 내 손녀의 성장에 보탬이 되어야겠다는 생각을 늘 품고 있었다. 젊어서는 내 자식들 키워 내느라 진액을 다 빼고, 이제 여유를 즐기며 산천 유람하며 살아야 할 나이에 이 무슨 고된 노역인가 할 수도 있었다. 또 내 삶을 송두리째 다시 손주들 돌보미로 나의 황금 같은 시절을 보내야 하나 하는 회의감이 들 수도 있었다. 하지만 나는 어린이집 교사 경력을 지원군 삼아 그러겠노라 했다. 내 손주를 내가 돌보지 않으면 나중에 후회할 것 같아 자원했던 것이다.

몇 달 지나고 보니 과연 잘한 것인지 되돌아보게 되었다. 때로는 내가 살던 터전을 떠나온 그 자리에 있는 사람들과의 생활이 그리울 때도 있었다. 그 모든 아쉬움을 달래 주는 것은 다름 아닌 우리 덕은지구 할머니들의 따뜻한 마음이었다, 각지에서 모인 할머니들이 손주의 삶과 함께 발맞춰 가는 길, 그 길이 외롭지 않고 신명나는 삶으로 자리 잡은 것은 할머니부대의 힘이었다. 희망을 따뜻하게 안아 주고 돌보며 사랑으로 사는 할머니들의 손주 사랑의 힘이었던 것이다.

저출산 시대에 모자라는 인력을 대체해 줄 세대가 역경을 딛고 살아온 우리 6070 세대들이다. 힘들어도 좀 더 힘내서 선진국 시대를 살아가는 후손들의 디딤돌이 되어 주자. 오죽하면 전역한 지 수십 년 된 할아버지 세대가 재입대를 해서 이 나라의 국방을 지키겠다고 할까. 힘으로는 부칠지 모르나 경력을 살려 행정과 시스템 방위는 할 수 있다 하지 않는가. 다방면으로 현역이었던 우리 할머니 할아버지들의 지나온 삶이 한창 자라나는 세대에 버팀목이 되어 보자. 새싹들의 잎에 반짝이는 빛이 되고 물줄기가 되어 보자. 마지막 가는 날까지 여한 없이 살다가, 살아 천년 죽어 천년의 주목처럼 이 땅의

지킴이가 되어 보자. 사랑하는 손주들 앞날에 관제탑 같은 횃불이 되어 보자. 잎새 무성하고 싱싱한 푸르름이 밑거름 되어 함께 이 땅을 수호하자.

할머니의 위대한 힘, 애 봐 준 공은 없다 하지만 인류 진화의 공은 할머니 덕분이라 하니 힘내자. 우리는 무주상보시를 실천하면 되는 것이다. 오늘도 할머니부대원들의 웃음소리는 창공을 날아가고 있다.

* 할머니부대원들

장희순 (박예린, 예나 외할머니)

최영신 (임희찬, 지효 친할머니)

김은희 (허다인, 태인 외할머니)

송순옥 (김시윤 외할머니)

서지수 (전소이 외할머니)

김계숙 (박서현, 서진 친할머니)

모두모두 감사드립니다.

정한용 의병대장 생가에서

세 살배기의 말 몸살

초판 1쇄 발행 2025년 2월 27일

지은이 정현경
펴낸이 이기봉
편집 좋은땅 편집팀
펴낸곳 도서출판 좋은땅
주소 서울특별시 마포구 양화로12길 26 지월드빌딩 (서교동 395-7)
전화 02)374-8616~7
팩스 02)374-8614
이메일 gworldbook@naver.com
홈페이지 www.g-world.co.kr

ISBN 979-11-388-4050-7 (03810)